21世纪华语诗丛·第三辑

韩庆成/主编

摆 渡

马安学 著

知识产权出版社

全国百佳图书出版单位

——北京——

图书在版编目（CIP）数据

摆渡/马安学著. —北京：知识产权出版社，2020.9
（21世纪华语诗丛/韩庆成主编. 第三辑）
ISBN 978 - 7 - 5130 - 7090 - 4

Ⅰ.①摆… Ⅱ.①马… Ⅲ.①诗集—中国—当代 Ⅳ.①I227

中国版本图书馆 CIP 数据核字（2020）第 141334 号

责任编辑：兰　涛　　　　　　　　　责任校对：谷　洋
封面设计：博华创意·张冀　　　　　责任印制：刘译文

摆渡

马安学　著

出版发行：知识产权出版社 有限责任公司	网　　址：http://www.ipph.cn
社　　址：北京市海淀区气象路 50 号院	邮　　编：100081
责编电话：010 - 82000860 转 8325	责编邮箱：zhzhuang22@163.com
发行电话：010 - 82000860 转 8101/8102	发行传真：010 - 82000893/82005070/82000270
印　　刷：三河市国英印务有限公司	经　　销：各大网上书店、新华书店及相关专业书店
开　　本：880mm×1230mm　1/32	印　　张：5.25
版　　次：2020 年 9 月第 1 版	印　　次：2020 年 9 月第 1 次印刷
字　　数：57 千字	全套定价：218.00 元（共十册）
ISBN 978 - 7 - 5130 - 7090 - 4	

新世纪诗歌的一份果实

赵金钟

基于今天的语境，我们似乎可以下如此断语：网络引领了21世纪的诗歌。毫不夸张地说，当下最强劲的诗歌"潮流"是网络诗歌。它凭着新媒体的优势，以一种新的审美追求，猛烈袭击着纸媒诗歌，对传统诗学提出了挑战。所以，我们讨论新世纪诗歌，无论如何也绕不开网络诗歌。网络诗歌给新诗创作带来了新的元素。与此同时，由于其临屏书写的自由，又给网络诗歌自身，进而给整个诗歌创作带来了新的问题。这也是我们讨论新世纪诗歌必须参照的"坐标"。

一

进入21世纪以来，利用互联网进行创作或发表诗歌作品的现象十分活跃。学术界或网络界一般称这类诗歌为"网络诗歌"，也有人称之为"新媒体诗歌"（吴思敬）。它的出现给诗歌的创作与传播带来了深刻的影响，"在改变了诗歌传播方式的同时，也改变着诗人书写与思维的方式，并直接与间接地改变着当代诗歌的形态。"[1]它给诗坛带来的冲击力不啻为一次强力地震，令人目眩，甚至不知所措。赞成也好，不赞成也好，网络诗歌就不由分说地站在了我们面前，并改变着传统媒体诗歌业已形成的写作传统，直至形成了新的审美体系。韩庆成在《中国网络诗歌 20 年大系》的序言中认为，网络诗歌在诗歌载体、诗歌话语权、诗歌界限和标准、诗人主体、先锋诗人群体五个方面，对传统诗歌进行了"颠覆"。[2]

网络诗歌首先带来了诗歌写作的极端自由性。这是传统诗歌无法企及的。网络是一个极其自由的场域。它的匿名性和虚拟性创造了一个"去中心"或"多中心"的民主意识形态空间，以让写作者自由地临屏徜徉。网络作为巨大而自由的言说空间，为诗人存放或呈现真实的心灵提供了广阔无边的平台。这一写作环境给予写作者空前的"自主权"，使得写作真正实现了"自由化"。自由是网络诗歌的灵魂，也是新诗写作的灵魂。然而，由于各种诗人难以自控的外力的影响，纸媒时代，诗歌的这一"灵魂式"的特性却常常难以完全呈现。这种状况在自媒体出现的时代得到了极大的改观，网络诗歌引领诗歌写作朝着深度自由发展。

当然，过度的"自由"也带来了一些麻烦：有的诗人任马游缰、信手写来，使得他们的诗作常常在艺术上与责任上双重失范。这不是自由的错。但它提醒诗人：艺术的真正自由不是"无边界"，而是在有限中创造无限，在束缚中争得自由。自由应是创作环境与创作心态，而不是创作本身。无节制的"自由"还带来了另一种现象："戏拟、恶作剧心理大量存在，诗的反文化、世俗化、极端个人主义倾向非常明显。"[3]这在一定程度上损害了诗的健康发展，需要我们高度警惕。

我欣喜地看到，"21世纪华语诗丛"这套专为网络会员和作者服务的"连续出版的大型诗歌丛书"，正是在这样的背景下应运而生。丛书第三辑的十位诗人，在网络诗歌时代恪守着诗歌的艺术"边界"，他们各具特色的诗歌作品，从某种意义上，代表了当今网络时代诗歌的"正向"水准和实力。

二

生活化，是新世纪诗歌写作的另一重要审美追求。这里的生活化，既是指诗歌写作贴近现实生活，表现生活的质感和生命，又是指写作是诗人们的生活内容，是他们为自己生产消费品的一部分，更是他们实现自我价值的重要途径。

在《1844年经济学—哲学手稿》一书中，马克思首次把人类的本质规定为自由、自觉的生产活动，并明确指出："宗教、家庭、国家、法、道德、科学、艺术，等等，都不过是生产的一种特殊方式，并且受生产的普遍规律的支配。"[4]在此处，马克思在将艺术活动看作一种生产的同时，又将它与政治、法律、宗教、道德等活动一同作为整个社会生产的一种特殊的精神生产形式加以论述。根据马克思对社会历史客观过程的分析，人类生活可分为物质生活与精神生活两大领域。为了满足自身这两种生活的需要，人类必然要从事物质的和精神的生产。同样的道理，诗歌写作其实也是写手们在为自己、扩展而为人类生产精神产品，并在这一生产过程中完成自我价值的实现。

从这套诗集中，我们能够感觉到写作对于诗人的重要性。它对于诗人，是为了释放，为了交流，也是为了提升，为了自我实现。因此，写作成了他们生活的重要内容，是他们向世界发声或讨要生活的工具。

从此，不从地下取水／我的井在天上／不再吃尘埃里的一粒粮食／我的粮仓在云上

——黄土层，《纺云》

像这样的诗歌，以极简约的文字呈现着来自生活的深刻感悟，就是难得的好诗。新世纪诗歌存在着一种重要现象，即大量被往常诗歌所忽视或鄙视的形而下情状堂而皇之地进入诗的殿堂，并被诗人艺术性地再造或再现，是生活化或日常化的一个重要递进。

三

新世纪诗歌的后现代性已为学界所关注。实际上，后现代性早在 20 世纪"新生代"即"第三代"诗歌那里就明显存在了，且引起了不小的争议。而在新世纪，它似乎表现得更明显和更深入。"后现代主义"的介入，给中国诗歌带来了相当大的冲击，甚至可以说，它深度改变了中国当代诗歌发展的格局。

后现代性感兴趣的是解构。西方后现代主义哲学，即乐意

从不同层面解构传统的逻各斯中心主义，消解以逻各斯为中心的关乎"规律与本质"的意义结构。它的突出特征是解构宏大叙事，消解历史感，具有"不确定的内向性"。而受其影响的新世纪诗歌中的后现代性，则又具有"平面化""零散化""非逻辑性""拼贴与杂糅""反讽与戏拟""语言游戏"等特点[5]。如果细数这些特点的优点的话，则可能"反讽与戏拟"更有较为永恒的诗学价值与审美意义。也正是在这一点上，新世纪诗歌为中国诗歌提供了可贵的新元素。

> 如今我活着 比任何一个死人都坚强 / 像一株无花果 敢于没有和不要 / 我的自在 不再是花开不败 / 而是不开花
>
> ——高伟，《第1朵花：无果花》

这首诗有着明显的"后现代主义"色彩：反讽、反仿、反常理等。诗人以一种略带调侃的口吻消解主题的严肃性和目的。这是"后现代主义"反叛"古典主义"和"现代主义"，消解中心、解构意义价值观的体现。不过，剥去这些表象，单从取材角度和情感取向来看，这首诗歌还是较为清晰地表现了诗人对于生命价值乃至人类某种崇高性的思考。

第三辑中的每部诗集，都有可资圈点之处。马安学的《谒宋玉墓祠》：隔着两千多年的距离/踏着深秋的落叶，我去看你；老家梦泉的《北方的雨》：在北方/雨水/是你梦中的情人//深闺的围墙/总是/高高的；赵剑颖的《槐花开》：五月，白色花穗从崖畔/垂挂亿万串甜香，春天已经走了；香奴的《幸福的分步式》：把红酒倒在杯中三分之一处/我总是停不下来//要么斟满，要么一饮而尽/我不喜欢幸福的分步式；于元林的《我们相逢在一朵古老的泪花上》：这个春夜 天空缓缓降下/银河如大街一般 亮着灯光/我们相逢在一朵古老的泪花上/我们要到初醒的蛙鸣里去说话；南道元的《谷雨》：谷雨断霜，埯瓜点豆/持续的降雨不会轻易停止/在南方/春天步入迟暮；钟灵的《晒薯片》：田畴众多。越冬的麦苗上/细长而椭圆的红薯片/宛然青黄不接时，乡亲们饥饿的舌头；袁同飞的《童谣记》：时光那么深，也那么久/遥远的歌声里，仿佛能长出翅膀/长出枯荣。像这样出彩的诗句，诗集中俯拾皆是。这些作品，都凝聚着诗人独具个性的诗性体验。是啊，诗是一种高度个性化的"物种"，只有那些异于常人的观察、发现、体验，才能发出个体的味道。跟"文"（散文、小说等）相比，诗更看重内情的展示，看重结构上的化博为精、化散为聚，看重将"距离"截断之后的突然顿悟。因为"人们要求的是在极短的时间里突然领悟那更高、更富哲学意味、更普遍的某个真理。这可以是诗人感情的果实，也可以是理性的果实。诗没有果实，只有'精美'的外壳（词句、描绘）是一个艺术上的失败。"[6]

"21世纪华语诗丛"第三辑，正是新世纪繁茂的诗歌大树上结出的"感情的果实"。

（作者系岭南师范学院文学与传媒学院院长、教授，广东省中国当代文学学会副会长。）

参考文献：

[1] 吴思敬. 新媒体与当代诗歌创作 [J]. 河南社会科学，2004（1）：
  61－64.

［2］韩庆成. 颠覆——中国网络诗歌 20 年论略［G］//韩庆成，李世俊. 中国网络诗歌 20 年大系. 悉尼：先驱出版社，2019.

［3］王本朝. 网络诗歌的文学史意义［J］. 江汉论坛，2004（5）：106 - 108.

［4］马克思. 1844 年经济学—哲学手稿［M］. 北京：人民出版社，1979.

［5］张德明. 新世纪诗歌中的后现代主义文本浅谈［J］. 南方文坛，2012（6）：84 - 89.

［6］郑敏. 诗歌与哲学是近邻：结构 - 解构诗论［M］. 北京：北京大学出版社，1999.

寻找自我救赎之门

——品读岸雪的诗意人生

张富山

认识岸雪，应该是在三十年前。最初的印象，是他发起成立了宜城青年诗歌学会，还出有一份民间刊物《九歌诗报》。那时，他写诗，我写小小说，我们都是文学青年。那时，文学是单纯的，我们以"为生命而歌，为真理而歌"互勉。我清楚地记得，当时我说，"我们在生存中有太多的痛苦和忧患，但我们绝不能被这些痛苦和忧患压倒。我们需要相互搀扶着，走出汨罗河那个古老、苦涩、而又颤巍巍的故事。虽然我们一无所有，但我们有年轻赤诚的心相互映照。"

岁月如梭。他从团委，到乡政府，到报社，再到科协；我从医院，到局里，到政府，到政协，到人大。一晃，我已满头白发，他也一毛不生。虽然人还在，但我们都经历过生死之劫，已是物是人非，人是物非了。

重读岸雪，我以世俗的目光在看，也是以文学的目光在审视，审视他的凡心与诗心。

作为江汉平原一个农家之子，他是五个兄弟姊妹中，唯一靠读书跳出农门的幸运儿，在他身上，寄托着全家人的希望。

这种希望，在他早期的诗里一直存在。

"正午时刻，天高云淡
一颗植物种在了我如梦的胸口
捂不住的芬芳破土而出

现在，仅仅用一片叶子的焦虑
我踩出了一方澄明的森林
天空远去的时候，我在林中散步
十万斑斓的阳光，静静燃烧"

——《丰收》

正如我们的老友家新在诗里所说，"这个时刻，我们注定沉入 / 无意的空白 / 有鸟飞出了手中的诗集 / 展开来，诗集便成为一片荒原 / 只有石头是活生生的存在 / 那些石头那些黑的白的 / 硬硬邦邦的石头产生了执拗的诗歌"。这种执拗，不仅是诗，也是岸雪和家新这样的农家之子的人生追求。作为初生牛犊，他把"为生命而歌，为真理而歌"作为他的使命，作为他的人生和事业的一个基本遵循，他相信他未来的人生会有"十万斑斓的阳光"。

只是，除了他，父母和兄弟姊妹在乡村依然为生活所困，贫困的物质压迫会让人精神崩溃，产生歇斯底里。而源于家庭的精神冲击，导致性格抑郁、多愁、内向，甚至自卑，便从此纠缠影响了他一生。

现实的生活，并不总是那些生活在幻境里的浪漫者所赋予乡村的罗曼蒂克。早于其成婚的弟弟，给母亲带来了新的烦恼和痛苦，与儿媳成天价地争吵，乃至水火不容，打乱了原生家庭相濡以沫的联结。这种新的窘境，对一个知恩图报的孝子来说，成了必须面对的困局。他匆匆恋爱，匆匆结婚，只是为了有个家，可以把母亲接到自己身边奉养，以尽孝心。但是，这唯一的一次婚姻，对岸雪来说是匆忙而草率的，并不能达成他那颗敏感而细腻的心对爱情、对家庭的憧憬，犹如他之后的事业和人生，他总是处于一种失落的苦厄之中。他开始努力寻找精神出口，寻找自我救赎之门。

他是谁？他该向何处去呢？

他在《祭父稿》里梳理自己的血缘根脉，试图弄清嵌入自己基因里的命运密码。祖父不通文墨，但会吹唢呐，还给父亲取了一个很雅的名字"水清"。父亲上过几天私塾，早年参加过抗美援朝，给家里写信，错别字很少。退伍返乡后，"父亲干了二十余年的生产队长，每年春夏，父亲都会翻箱倒柜，把压箱底的那身军装翻出来，暴晒几个太阳，重新叠好装箱。"父亲参加过那个年代的阶级斗争，"作为大队干部，父亲斗了一次地主／作为邻居／父亲后悔了一辈子"。但是，这些，并没有把父亲从饥饿中拯救出来。"父亲种了一辈子的田／小时候每逢下雨／父亲就会披上蓑衣，戴上斗笠／淌过泥泞，给庄稼地清淤排灌／父亲把脚伸进水沟／摆了又摆，洗掉草鞋上的泥／带着郁悒回家"。(《蓑笠翁与芨芨草常常混为一谈》)"粮食的短缺，让父亲焦躁易怒／为让我吃上一碗热乎乎的瓦罐粥／父亲从田里劳作回来／直奔低矮的灶屋，向一只狗／发动一场事关虎口拔牙的战争""父亲抢起铁锹／又是几铲，狗终于趴下／殷红的血流了出来／父亲还没解恨，一脚剁去／狗已没了动静"父亲把狗装在麻袋里，扔进了县河，但是狗又在一块青石上复活，并摇尾乞怜，低低幽咽着，先父亲一步跑到了家。

"父亲老泪纵横／抚摸着九死一生的那只老狗／就像抚摸自己的命／一样悲苦／就像抚摸苍生"。

——《父亲的战争》

或许，父亲的这种纠结，是现在养宠物狗者无法体验的。我们从莫言的小说里，能读到这种早年记忆对他的影响。岸雪在对血脉的梳理中，大约明白了自己命和运，父母亲把全家所有的希望都寄托在了他的身上。

对一个乡村贫困之家来说，在一个饥饿年代供一个学生意味着什么，岸雪内心是非常清楚的。

"那年我上高中，学费压着父母的心""小弟意外摔断大腿骨／几至瘫痪，母亲临危决断／卖掉屋后几棵楝树／父亲找来斧头和锯子，打破沉默／换来小弟健全的身体"

——《祭父稿》

尽管他有了令父母骄傲令乡亲羡慕的城里工作，但是，经济上他还是无力接济家人。

"父亲走得很突然
我只知道父亲咳嗽得厉害
腰痛得厉害，胃痛得厉害
我还知道父亲倔强得厉害
节省得厉害，俭朴得厉害
缠绵病床多日，也不求医问药
我更知道父亲不舍
撂下镰刀麦子后，父亲自知
病已成魔，千里颠簸
让我送医院检查，可此一去
即成永别，父亲再也没有醒来
……"

——《祭父稿》

父亲的早逝让他无比抱愧。而母亲，也让他一直揪心。

"藤椅上的母亲，木讷无语
一个人，常常以泪洗面
痛恨自己无力做的事情太多
（母亲一生都在流泪
盼望把村庄洗得干干净净）"

——《藤椅上的母亲》

面对现实，他似乎只有范雨素那样的无奈，他缺少余秀华那样精神上的抗争。他的思想和情感，也一步一步跌入谷底。

"寂寥是我一个人的，疼痛是，悲哀也是／在你出现以前，我的内心未曾有一丝明亮"

——《汉水八拍》

早年，我写过一段话，"得意时崇尚法家，失意时崇尚道家，平和之时崇尚儒家。"这似乎是中国文人在遭遇不同人生境遇时，人生态度的最基本遵循。岸雪在事业和人生的失落中，自然选择了遁世。

"恍然间，山岩上三五簇挺立的野菊花
闯入我的眼帘，她们纳土藏珠
散发出缕缕清香，向山顶蔓延而去"

——《登五台山》

看起来的轻松，如神仙般的日子，似乎也难于让岸雪做到暂时的遗忘。"岘山有《十言》／我们一行四人，抵达中年／仿佛山中爬行的蚂蚁，卑微，不为人所知"。(《登岘山》)登鹿门山，登岘山，又能怎样？不是山不够高，而是岸雪的心结未开，无法找到"山高人为峰"的感觉。他还在为不能在俗世"运交华盖"而纠结于心。直到有一天，他在对历史对世事沧桑的审视中，才幡然醒悟。

"举目四望，江水苍茫

那燃烧的战火与自然火灾，早已湮灭

独留王勃玫瑰色的曙光映照古今"

——《出滕王阁记》

作为诗人，最易契合其心的自然是李叔同，这个被称为"弘一"的大师。

"他暂时得以掩关的僧房，在这里

弘一缓缓向西侧身，等待重回婆娑世界"

——《弘一：重回婆娑世界》

李叔同在尘世喧嚣的名利场并没有找到安宁，他决绝地遁入空门后，苦修律宗，执着于戒律，成了至圣先师。岸雪似乎从弘一大师的身上，找到了人生的方向。

"终南有积雪，于是

便有了光，我是南麓窗下

那具血肉之躯，捏珠，称念

光芒涌入……"

——《光芒住到我身体上》

这种感觉和认知，是在终南山这个气场才有的。后来在武汉亚洲心脏病医院手术时，在向死而生的心境里，岸雪也找到了这种感觉和认知。

"……五十多年了

我睡过的东西

足以压弯我，弄疼我

甚至把我磨损掉

我睡过的时间，足以

让我呼吸平和，让亲人

忍住泪水，不再提心吊胆

我招一招手，我说

这就去好好睡上一觉

就醒来。医生便推我从容进入

布满剪刀、纱布和麻药的池塘"

　　　　　　　　——《好好睡一觉就醒来了》

　　在生死面前，名利，甚至简单的物质化生活，又有何意义
呢？岸雪早些年写过一首有关梭罗《瓦尔登湖》的诗歌，想必
他已读过或体味过湖畔人生，这不是什么超验主义的人生，这
应该是人面对人生苦厄时，自我救赎的最基本遵循。在整个社
会物质极大丰富后，基本民生保障也逐步健全，在一口气一口
饭之外，人还要许多吗？毫无疑问，岸雪渐悟到了这一点。

"山岗上的风

真切得如一道闪电

能够听见纷乱的事物

最起码

能够听见我"

——《风能够听见我》

岸雪找到了先贤提到的那种天人合一、物我两忘的境界。遵从内心、率性而为，才能活出本真的自己。岸雪在信仰上，几近弘一，他真正看透，又放下了。他以出世之心，再看家乡时，物还是那些物，人已非当年的人了，他这时的诗，已经是有着浓烈醇厚之味的"乡愁"诗。

"从马头墙上的青瓦，跳进门前的破碗
故乡的心跳，是屋檐上的雨点

煤油灯若隐若现，村庄在哭喊
我在雨水的催促下返回家乡"

——《在雨水的催促下返乡》

"不用点灯，篱笆多么疏朗；不借月光，狗吠多么清亮"

——《篱笆门》

在《篱笆门》里，岸雪已是无比的从容，他再也没有《在雨水的催促下返乡》里那种急迫感，乡村记忆真正成了小知情调的乡愁，岸雪这时似乎已从乡村找到了他灵魂的皈依处，乡村那种飘着泥土味的生活，埋藏着令他神往的闷声不响的生活热情。

他说，父亲给他取本名"安乐"，有"安贫乐道"之意，而初中语文老师改之为"安学",似乎寄托了为师者的期待。他自取网名"岸雪",既是"安学"的谐音,也有冰结的岸雪,期待被融化的隐意。从名字看人生,冥冥之中,似有上天在接引。当心门打开,岸雪慢慢也从自我里走了出来,在佛系人生里,他完成了小乘向大乘的跨越。

> "……孩子
> 面对灾荒,妈妈束手无策
> 唯有用接近死亡的速度
> 渴望谢贝利河和朱巴河的滋养
> 借助风沙哑的力量,妈妈抱着你的白云
> 播种庄稼一样"
>
> ——《把孩子送给土地》

当岸雪不再仅仅是关注自我时,他也有了人类命运共同体的意识,看 1995 年世界新闻摄影大赛获奖作品《苦难》,他不是在消费困难,而是真正同体同心,以爱之名,自渡,渡他。

岸雪也在俗世生活和诗意的人生中,完成了人生的涅槃,他终于彻底打开了心门,找到了自我救赎之门。

> "生命
> 种着一颗永不风化的诗心
> 如婴儿
> 如丝缎
> 澄澈,柔软"

　　诗人张琳描述的"诗种"应该是已经播种在了岸雪已然丰润肥沃的心田，他的诗心和诗境，已经有了截然不同的转变，祝愿他"借那轮沧桑却芳华依然的晓月／土地的醇厚／和在岁月里泡过的文字／孵育万物／以温度／以灵性 以亲情"。(《诗心／张琳》)

2020 年 1 月 18 日

　　(作者简介：张富山，湖北宜城人，湖北省作家协会会员，襄阳市作协理事。在《长江文艺》《小说月报》《当代作家》等发表小小说多篇，并被《小小说选刊》转载。有随笔《别样人生》和《正觉》集成。)

自然寻言　淬炼诗意

——马安学诗集《摆渡》序

袁仕萍

收到马安学的诗集《摆渡》文稿是在年初本地作协年会活动现场。六年前，我在编选本地知名诗人代表作时，在众多诗人的诗作中选编了马安学的诗歌《雪地》。所以，当文静中有点腼腆的诗人征询我可否为即将印行的诗集作序，我很爽快地答应了。

诗集《摆渡》中收有两篇同名短诗《摆渡》，很明显这两首诗在由 100 余首诗歌组合的集子中没有居于核心凸显的位置，一首是 4 行绝句体，一首是 12 行短诗：

摆　渡

我家世代住在汉北河南岸，每到镇上赶集都要坐渡船，
那年我回乡，在黄泥岸上高一脚低一脚："过河啊"！……

桨声欸乃，伴随三两声咳嗽，晃悠悠的近了。我跨步上船进仓，

和艄公互致寒暄。鱼翔浅底，水草荡漾。飞翔的船桨，有阳光滴落。

摆　渡

村子在岸上一字摆开，那么简单
每个人一生中总要坐几次渡船
他们提着篮子，牵着孙子
去对岸，讨回日子

遇到乌云压舱，大浪滔天
他们不慌乱，不逃避，在漩涡里
握紧船桨，或者举起自己
奋力朝对岸划去，再划去

整个村庄，荷花盛开一般，很壮观
我是那个被乡亲被父母送上船
渡过河，有惊无险，并将
继续渡河的人

这两首诗歌写实的成分明显，可以构成一副沿河两岸渡船运行图，画面感强烈。作者给诗集命名为《摆渡》，此摆渡当作彼摆渡实际暗含的寓意是用诗歌这种艺术形式将作者的心灵世界与客观的社会现实、历史文化、自然山水等联接起来。客

观的社会现实、历史文化、自然山水与主观的心灵世界沟通的方式是多样的，名词性的意象众多，比如桥，作者却选择与水连接紧密的摆渡这种动作与行为，一是作者出生于江汉平原腹地湖北省天门市，老家就在县城的河堤上，乘船过渡，成了他青少年时代乃至整个人生的深刻记忆，摆渡很自然就成了一种潜意识流露出的诗歌意象；二是作者借这种自然生活场景，多年诗歌创作使得由自然到哲思的思维得到有意无意地锻炼，摆渡寓意客观现实与主观心灵的纽带，在物象中有人生体验，在具象中有抽象，诗味便喷涌而出。

诗人在《摆渡》中依据生活场景的转换切分为四个板块：旅痕、风物、惠风、雨露。旅途中的历史名胜、自然山水，农耕时代的各种农具与物件，家乡的亲人与友邻依次展开，读者的阅读视界逐渐辐射，历史上"往来人物从山川城邑里复活"（《习家池》），自然里"几笔淡墨，抹出的巨幅山水写意画"（《横冲，横冲》）；"放倒万顷麦子，放倒万里阳光"的镰刀（《镰刀》），"身体那么大""屋檐那么大""村庄那么大"的蓑衣（《蓑衣》）；饥饿的女孩、废墟中的婴儿、污染的工厂、罹患癌症的好友、逝去的父母……外在客观世界无限丰富，诗人将外在世界在心灵化过程中分解和重组，使得外在世界内心化、体验化、主观化、情态化，形成一个抒情的王国，诗意的乐园。诗必然要有所本，本源于自然，本源于内心世界。自然、内心与艺术相媾和，其产物位于现实的人生世相之上，另外建立起一个宇宙，正犹如织丝缕以成锦绣，凿顽石以成雕刻，并非是完全的虚幻，也不完全是照葫芦画瓢。诗与现实人生世相的关系，妙处正是在于不即不离。唯有"不离"，所以才有真实感；唯有"不即"，所以才新鲜有趣。

任何优秀的诗，都应是现实的回音。但问题不在于要不要关涉现实，而在于这现实是怎样进入到诗的创造中去的。诗，或许是一种最富有个性的体裁样式，它的内质中蕴含着更高的审美要求。它显示着想象的富有，但这种想象不是一般的联想，而是一种分化事物、纵横无羁的想象；它体现着情感的丰富，但这种情感不是一般的热情，而是一种经过沉淀处理后的诗的情思；它呈露着形象的风采，但这种形象不是一般的物象，而是一种渗透着诗的理解、情感和想象的意象。因此，诗人的真正旨趣不在于对事象的描绘，而在于倾心于易于出现缝隙的、超出机制较强的事物。

在诗集《摆渡》中作者精心选取了四组意象群：旅痕、风物、惠风、雨露，旅痕以怀古见长，风物凭咏物而胜，惠风和雨露见本性抒真情。旅痕诗篇具有一般怀古诗的共性，在共性基础上却没有怀古诗"质木无文"的缺陷，这是马安学诗学价值的可贵之处。怀古诗是以历史人物、历史事件和历史遗迹为创作题材的一类诗歌作品，其特点在于借助历史抒写情怀或发表议论。同"咏史诗"相比，"怀古诗"所涵盖的范围更加宽泛，"咏史诗"的表现对象往往是具象的历史典故，而"怀古诗"的表现对象则可以是抽象的历史时空。因此，"咏史诗"的概念是包含在"怀古诗"的概念之内的。美籍学者刘若愚论及咏史、怀古之别，可谓切中肯綮："大体上，中国诗人对历史的感觉，其方式很像他们对个人生命的感觉一样：他们将朝代兴亡与自然似乎永久不变的样子相对照，他们感叹英雄功绩与王者伟业的徒劳，他们为古代战场或者往昔美人，'去年之雪'（les neigesdantan）而流泪。表现这种感情的诗，通常称为'怀古诗'。这与所谓'咏史诗'不同，'咏史诗'一般只是一种教训，或者以某个史实为借口以评论当时的政治事件。"怀古诗的创作形式多样，漫游山水、凭吊历史遗迹，寓情于景、情景交融成为怀古诗写作的重要形式。作者马安学在楚国故都、宋玉故里的宜城工作生活近三十年，宋玉是宜城一张名片，2019年宜城在城南郊腊树村建成宋玉宅和宋玉墓祠，作者写下诗集的开篇之作《谒宋玉墓祠》，这首诗6节12行，作者在诗集里有近一半诗作采取这种两行一节的格式，思绪翻转，节奏明快，诗情随着外在媒介促动，调动思考酝酿关注已久的生活经验，化而为诗。在这首诗中，作为主体的"我"与作为客体的"宋玉墓祠"，作者并没有采用传统怀古诗常用的凝神静观，突出客体，压缩主体的思维格局，而是主客交融，把客体人格化，主客对话与交流的方式。前两节描绘"我"和"宋玉"空间距离的近，仅仅几步之遥，一个村东，一个村西。这种空间距离一下拉近了两者心理空间的距离，即使时间已经有两千多年。三四节写墓祠，作者在这里却创造性地诉诸听觉。如果说逻辑推理能力是科学家的基本本领，想象力和通感力则是检验诗人本领高低的基本圭臬。凭借想象力和通感力，诗人便飘入了主观世界，他用诗的眼睛观看，用诗的耳朵倾听，用诗的心灵感应，于是诗人笔下流出一个美妙动听的梦幻世界，在墓祠堂，诗人听出了古音韵诵读的声音，这种声音流动变化，穿过长亭又短亭，传染给苍松翠竹。戴望舒在《诗论零札》中说："情绪不是用摄影机摄出来的，它应当用巧妙的笔触描出来。这种笔触又须是活的，千变万化的。"诗人不管是表达情绪或思想，都必须有一个"寻言"的过程，即以巧妙的笔触表达出来，这"笔触"即所寻之"言"，必须是活的、千变万化的。"活的语言"和"写的语言"显然是诗人"寻言"的结果。朱光潜指出诗语和日常语有别，它是"活的语言""写的语言"，不是像字典上那样的"死的语言"，也不是像日常生活中的"说的语言"。

以《谒宋玉墓祠》为开端的 21 首诗歌，统一归为"旅痕"，除了作者家乡宜城外，诗人马安学笔触涉及历史文化名城襄阳的历史胜迹与自然山水，如习家池、岘山、真武山、月亮湾、横冲、春秋寨、黄龙洞，延伸到重庆的洪崖洞、渣滓洞，四川的都江堰、泸州，湖南的韶山，浙江的稽山、虎跑寺，山西的五台山等，这些自然山水浸染着丰厚的历史底蕴，久远的历史借自然山水而重现。这种重现，既有一般历史的痕迹，但是更多的是赋予诗人强烈的人生体验和历史文化的反思。

如果说诗人的旅痕是移景生诗、景景入诗、借景抒情，富于丰盈的人生体验与历史反思，景是触动情思的媒介，作者在诗中处处彰显的人生体验和历史反思，那么在风物这一辑中的 29 首诗，则以静为主，以逐渐消失的农耕时代的器物为观察点，谱写了一曲农耕时代的挽歌。这组诗歌仍然具有诗人马安学独有的诗歌个性，诗歌高度凝练，短诗成篇，在器物既有生活的痕迹，哲理的思索，即将远去的不舍，有限的篇幅中蕴含无限的情思。

诗集《摆渡》区别于其他诗歌，诗人马安学区别于其他诗人，我想在诗歌与现实的对应关系上，诗人把握现实的能力，诗人在反映现实方面的先验性和审美性，在探索历史、现实和自我的诗意表达方面，诗人形成了自己独有的写作谱系。好的诗歌在于突破，在于创造，在于能够触动人心，能够被读者喜爱，能够流传下去，马安学的诗歌是不会辜负于时代的期望的。

（作者简介：袁仕萍，女，湖北文理学院文学与传媒学院副教授，中文系系主任。西南大学硕士研究生，华中师范大学访问学者，襄阳市作家协会副主席。主要从事中国现代文学的教学和科研任务。近五年在《西南大学学报（人文社会科学版）》、《星星诗刊》等期刊发表三十篇学术论文。主持教育部项目一项。）

目 录
CONTENTS

第一辑 旅 痕

第二辑 风物

第三辑　惠　风

第四辑　雨　露

005

目 录

第一辑　旅　痕

终南的钵盂
把身体的光芒，敲得很长很长

谒宋玉墓祠

隔着两千多年的距离
踏着深秋的落叶，我去看你

你住腊树园东，我住腊树园西
几步之遥，我却走了两千多年

墓祠不是很大，可以用古音韵
诵读，"悲哉，秋之为气也！"

声音穿过长亭，又短亭
传染给苍松翠竹。午后的阳光

将你委屈的衣冠，涂抹得格外肃穆
一枚红叶，被我放在你的墓前

我的身体，因一再向你鞠躬
而成为一粒笃定的尘埃

2019 年 10 月

习家池

山的清幽，水的灵秀
一生都在名人的影子里呼吸

所谓曲水流觞，就是一枚红叶
在石缝中寻觅诗句

煌煌五卷襄阳耆旧记
往来人物从山川城邑里复活

白马寺里的诵经声，从斑驳的树影
漏下，隐隐入耳

循着凉凉的流水，凤凰山脚下
孟夫子正喂养那只啼鸟

半规落叶连篇累牍
门前菊花，开了一季又一季

2016 年 12 月

岘山上越来越多的人爬来洗肺

一直以为，越来越多的人爬岘山

是他们有孟浩然求仕不得的苦闷

他们想寄情山水，直到这个春天

我兴之所至，沿绿道一路爬上去

人丛中，老夫妻俩在山坡挖野菜

他们衣着并不光鲜，甚至有点旧

草木葱茏，被他们点染

他们挖了满满一袋子的野菜

有蒲公英，野韭菜，野艾蒿，灰灰菜……

我都叫不全它们的名字

它们有草木一样的卑微之心

赤子之心，它们掏心掏肺

吐露大自然的血脉

越来越多的人爬上来，用它们洗肺

它们是孟浩然的泪水

岘山的命脉

2015 年 5 月

十月朝，游归元寺

小雪携手十月朝，在归元寺
傍晚的落叶，把我推进归元禅寺

我们焚香拜佛，不拍照，小声说话
生怕惊扰佛祖

我们给先人送去御寒衣物
给他们的左邻右舍送去问候

我们数罗汉，从出生数到现在，数身份、数表情
数到风清气爽、日薄西山，万物归于寂静

2015 年 11 月

夜登真武山

我选择夜晚登临小金顶

有我不得已的原因

白天很是无用

我把自己放逐在无用之用上

呕心沥血，血染疆场

无边落叶堆起无边伤悲

透过夜幕，那时我年轻

一气跑步上大金顶

观武当山日出

汗水就像青春一样挥霍

此刻，我站在真武山之巅

看树木失色，人间沉寂

任凭天堂的风，轻抚我荒凉的额头

2014 年 12 月

横冲，横冲

——对陈德道的转述

两条紧邻山梁间的狭长地带，山里人
叫她长冲，与她呈垂直分布的
另外两条狭长地带，山里人自然叫她
横冲，横冲
群山巍峨，气势磅礴
他们从南北相向而来，从东西相向而来
远远地看上去，他们似
几笔淡墨，抹出的巨幅山水写意画
丘壑间，松涛蔚为大观

2019 年 5 月

重庆洪崖洞打卡记

长江、嘉陵江两江交汇处，吊脚楼
依山就势，沿江而建
垒砌成世纪的黄金滩涂。因风格
和电影《千与千寻》相似，便成了
网红打卡地。五湖四海的人们
不知节制，随解放碑直达江滨
有人为吊脚群楼打卡，有人
为洪崖滴翠打卡，还有人
为山城老街和山城火锅打卡
我拖着沉重的肉身，行千里，也想
致广大，只为宫崎骏大师的轻松打卡

2019 年 6 月

注：宫崎骏，日本著名漫画家，《千与千寻》是其第二大
终极优秀作品。

渣滓洞

缓步走下石阶
三百多名犯人在此睡觉，集体翻身

一口废弃的煤井，青苔湿滑
睁开满眼血雨腥风

渣滓洞，原为一小煤窑
因渣多煤少而得名，导游淡淡地说

2013 年 10 月

到天上喊泉

到木兰天池，到天上
喊泉，叫醒一个人内心隐秘的花朵

在天上，一个人大喊三声
一声喊蓝天白云，一声喊翡翠碧玉
一声喊他自己

一个人在天上喊泉，他的喊声
有多婉转悠扬，他内心涌起的暖流
就有多高蹈，他的拖音就有多温润

2019 年 5 月

窖藏之心

在泸州，一个人在长江边汲水、酿酒
他的心胸，有大江大河那么豪迈和壮阔

我顺江而下，循着千里远的酒香去看他
他彬彬有礼，陪我喝酒，也为自己喝

酒真是个好东西，窖藏的时间越久
越能洞见心性的澄明与善良

他说一个人的时候，有时也把酒当歌
直到把自己喝醉。这遍地跌宕的月光

如此丰满醇厚，他是善饮者
满怀一颗窖藏之心，爱着长江以远的江山

2019 年 3 月

听韶山

早年我从书本上读到，相传

舜南巡时，奏韶乐于此，

得名韶山。光绪十九年十二月二十六日，

石三伢子于韶山冲上屋场呱呱坠地，

哭声垒砌群山，青松翠竹

挂满珠泪，几多风雨，

几多晴，青山还未老，

人却已老！现在，

我于千里远的异乡，用一双

蓄谋已久的泪眼，倾听韶山

百年老宅堂前的池塘里

荷花的蜜语，稻穗的轻舞，

听山沟里，人不分地域，

山连着海的信仰，听他们

排长队，缓步进入故居

瞻仰遗物时的肃穆，心潮澎湃，

听那颗不落的红太阳，一直一直

朗照万物，涵养苍生！

2019 年 8 月

游虎跑寺

大慈山白鹤峰下，两只老虎
刨地作穴，引来纯净鲜活的泉水，于是
定慧禅寺，有了虎跑寺的别称

在老虎撕咬开梦的壑口
教书先生李叔同落发为僧，从此
长亭外，古道边，芳草
不再碧连天

老虎不停地刨地引泉，一如
弘一法师，永无休止地辗转众多寺院
一再打坐参禅
悲悯众生，心生净土

我一路走进虎跑寺，不见僧人的踪迹
只有泉水淘洗无语的山林
虎跑寺后山
弘一的舍利子熠熠生辉

2018 年 9 月

月下稽山

朗润的月光下
我们开始久违的登山

我们谈秦始皇，谈大禹，谈阳明洞
谈香炉峰，谈唐诗和女人

我们左右摇晃，仿佛神仙道仙
融化在缥缈的山岚和细微的夜风里

不知秦汉，无论魏晋，我们傲视奇崛
谛听月亮和星星清白的呼吸

蓦然回首，几许人烟已抛在脚下
我们的脚步，越来越渺小轻快

2014 年 9 月

登五台山

五座山峰环抱，一如藏传佛教徒
身披红黄相间的僧袍，绕塔院寺里的白塔
口中念念有词

转到黛螺顶山脚下，我看见一些信徒
磕长头，三步一拜。他们低垂眼目
无视周遭的一切

及至黛螺顶中腰，身边每经过
一个磕长头的人，我会对着那人双手合十
轻轻一拜

恍然间，山岩上三五簇挺立的野菊花
闯入我的眼帘，她们纳土藏珠
散发出缕缕清香，向山顶蔓延而去

2018 年 10 月

光芒住到我身体上

终南有积雪，于是

便有了光，我是南麓窗下

那具血肉之躯，捏珠、称念

光芒涌入，咬住唐僧

西天取回的经书，九九

八十一难，在尺牍间

跌宕起伏，在光芒的指引下

时而松弛有度，时而

纵横捭阖，化成幻美的玉佩

光芒住到我身体上

我心怀云天，双手合十

执念如珠，决断烦恼的根须

我一心向善，两手相握念珠

朝着尘埃的方向，毕恭毕敬

光芒涌入啊，终南的袈裟宽大包蕴

终南的肉身，敲响钵盂

终南的钵盂

把身体的光芒，敲得很长很长

2017 年 9 月

雨中登尧山

春雨中，亭台，石板，天梯
全都患了风湿痛。我每爬一步
大腿根部总往下扩散
陡峭的痛，恐怖的痛
不能回头的痛
不能，俯瞰的痛
我拄着树枝，斜倚青龙背
仰望两千多米极顶
太阳，不过昙花一现
雨又下了起来，我咬咬牙
听见泉水在低处轰鸣
身体背叛了天梯、石板、亭台

2018 年 4 月

山水课

我怀揣一只白色小兽

踏入瀑布与飞鸟相对飞行的山涧

我的额头长出陡峭的山坡

我的睫毛长出飞扬的雪花

我的脸颊长出蓬勃的草丛

我的鼻翼长出凌空的翠竹

我的嘴角长出柔和的风声

我脚下的岩石在上升

雪在上升，鸟在飞升

我苍白的头颅长出黑色的树枝

我怀揣的小兽，眼含清泉

引我消融于山水之间

2019 年 10 月

出滕王阁记

我们坐电梯直接到了顶层
回避了迂回狭窄的楼道，藻井下
大唐歌舞流转，王勃嘱人磨墨

与众人开怀畅饮，直至大醉
蒙头大睡而去，待到太阳西斜
自然醒来，大笔一挥
成就千古一赋

举目四望，江水苍茫
那燃烧的战火与自然火灾，早已湮灭
独留王勃玫瑰色的曙光映照古今

我们从顶层依次下到主阁大厅
见一幅汉白玉浮雕——
王勃昂首立于船头，意气风发
再度日行七百里，赶赴洪都
饮酒，作赋

我们走出阁楼，回望
一群白鹭，正在阁顶轻轻飞旋

2019 年 11 月

九路寨册页（组诗）

九路寨

有九条路可通向山寨，可以
登高致远，指点迷津

我们来时寨门洞开，古槐枝叶虬髯
几只翠鸟在蓝色天空中飞过
金黄的银杏叶，洒满一地

适逢云开日出，狼烟散尽
楚王荣耀班师，与众将士
如我们一起，饮苞茅贡酒，跳篝火舞

我们深入红叶，看山寨血脉飞扬，偶尔
坐下来，数一数奇花异草，闻一闻
放屁虫打出山响的气魄

我们将血肉之躯融入其中
叩山石、听鸣泉、赏秋叶、品瓜果
莽莽荆山，不知我们究竟走了多远

题红叶

一枚愣头青，要忍受多少颜色革命，才能
浴火重生，层林尽染。有一天

我来到这里，在与山石的对话中明白
她一生要忍受风霜雨雪，忍受冰雹雷霆

她还要忍受翠绿的，黛色的，暗绿色的
成长的烦恼，忍受黄色的，灰色的疼痛

直到忍俊不禁，巍巍荆山
满嘴吐出天边那片火烧云

摩挲一片红叶

我们穿过一个又一个隧道
零星跳跃在沟边的火苗
将我们迅速点燃

漫山红叶，层林尽染
我们就着山势
攀爬成台阶，上面
落满红色的紫色的褐色的叶片
我们每喊一声，红叶就摇晃几下
触摸我们的肩膀，我们每呼吸一次

红叶就微微颤抖一下
和我们耳语一番

我们累了，蹲下来
红叶就像那树丛中撺掇的翠鸟
一阵窸窸窣窣
赫然地杵在山间
咯血，秀口吐出

一轮红日，跟随我们
下山，我每走下一级台阶
身体就摩挲一次红叶
红叶血脉贲张
拥抱我，覆盖我，淹没我
我终究是瘫软了
我确定走进了这排山倒海的红叶
你问我浑身疼不疼，还能不能走
我摸了摸我怦怦直跳的心
竟摸出一摞红叶

柿子红了

汽车在山谷里蜿蜒盘旋
偶尔一树红彤彤的柿子向我扑来
建春说，这是山里人为我们准备的

那挂在树上的柿子，褪去杂芜的枝叶
风一吹，都能看见山里人激动的心

放眼望去，山谷里随便哪条坎子
一树树的柿子，随意点染蓝天，再往远望
一坪连一坪的，一山连一山的
散落的柿子树，就是山里人明亮的眼睛

及至木屋别墅，当晚月亮隐去，星光隐去
挂在树上的，是山上的红月亮
更是山里人的一句问候——柿子红了

柿子红了

古槐印象

一棵古槐立于山寨
游客中心正门前，人影交错流动
古槐枝蔓青萝，像佛手作揖

从侧身看，古槐宽袍大袖
许多双手合而为十，风轻轻吹一下
古槐就轻轻摇一摇树叶
走过古槐下的人，放慢脚步

从背后看，古槐褐衣参禅打坐

浑圆的头顶，光阴在流动
五湖四海的游客过了一拨又一拨

从远处看，古槐清瘦、老到
仿佛一群飞鸟在天边游弋
蔚蓝色的天空，一尘不染。往近看

面前两只坐垫，打坐的人刚刚离开
空出天光里空空的等待

2019 年 11 月

诸葛书院听课笔记（选三）

婴孩的笑

我惊讶于她的微笑，清亮、透明
让我看见清晨的露珠，从枝头
轻轻滴落。她的笑，天真无邪
让窗口的鸟儿也停止歌唱。此刻
她就睡在小区门口的婴儿车上
旁边走过来一名小孩，我惊讶于
小孩捧起她的小脸，就想亲她一口
她笑得很甜很甜，小孩也笑起来
我还惊讶于，从旁走过一位青年
牵牵她粉嫩的手，忍不住
也笑了起来。我的惊讶是持续的
从旁走过一位壮年人，俯身端详
逗她，婴儿笑得啊，直打呵呵
而我更惊讶于——
颤巍巍的，一位百岁老太摇到她床边
银发，遮住了婴儿的脸，她的笑
动听悦耳，老人想抱抱婴孩
却把自己抱成了婴儿，露出满嘴豁牙
笑声从小区，传遍整个一条街
我必须承认，我最惊讶于

她只是个刚满百天的婴儿
却一直这么笑着，无忧地笑着
让蓝天白云，发出婴孩般的笑声

读经时刻

年逾古稀的老教师，摘下老花眼
头一再压低，鼻尖在字里行间滑行
年近花甲、著作等身的作家，不放过
每个字、每个标点
知天命、尽人事的老中医不忘找回
药引子；半日览尽大江南北
高铁师傅也想领略千年故事，一个个
正襟危坐，而我就坐在他们中间
拱手——
接过《弟子规》，美女导师秀口一开
春风拂面啊，众弟子跟着齐声诵读
众弟子齐声而止，只听见灯光
翻开新一页的经文，轻巧、静谧
闪着迷人的亮光

冥想词

脑海中不能浮现动人的景象
导师轻言细语，说出几个名词
月光、古镇、拱桥、青石板
让我想象一下它们之间的关系

我按住心中浮泛的风尘
几个动人的句子逐渐变得清晰

白日的喧哗随波而去
一轮明月的倒影里
偶尔飘过一片落叶、一阵涟漪
月影随之斑斓迷人……

2019 年 8 月

大峡谷（新绝句选四首）

葬叔祖

雨水泥泞的晌午，世纪叔祖在镜中，笑得合不拢嘴，走在最前面，

送葬的队伍跟在后面，有的举着花圈，有的提着火纸。有的笑说叔祖在天上

会看清我们的孝心。此时天空放晴，我们把叔祖放入墓穴，依次叩头敬香，

我们用衣角兜起一捧捧土，一一撒在叔祖的骨灰盒上，我差点跌入其中。

摆　渡

我家世代住在汉北河南岸，每到镇上赶集都要坐渡船，

那年我回乡，在黄泥岸上高一脚低一脚："过河啊！"……

桨声欸乃，伴随三两声咳嗽，晃悠悠地近了。我跨步上船进仓，

和艄公互致寒暄。鱼翔浅底，水草荡漾。飞翔的船桨，有阳光滴落。

大峡谷

微雨稍息，人们就流进豁口。满锅油煎土豆，油光黄

亮的；

一串串清江鱼，不安分地翻来覆去，穿着皇帝的袍子；一顶顶轿子

气喘吁吁，无意中发现，松鼠在台阶上上蹿下跳，从自己脚边溜之大吉。

山伢子醒来，光着屁股蛋子，嚷嚷着一泡童子尿，尿进了大峡谷。

河下古镇

悠长弯曲的街巷，人烟稀松，商铺零落，青石板散发出灰白的光，

一只泰迪狗从墙角睁开清亮的眼睛，时而打量偶尔路过的三两行人，

时而目中无人，试图在砖缝里追寻蚂蚁和虫子。桐油漆过的杉树门楣下，

一白衣老人，端坐木凳，抚弄着老花眼镜，翻看一本发黄的书籍……

注：河下古镇即为江苏省淮安市淮安区古邗沟入淮处的古末口，曾名北辰镇，是淮安历史文化名城的核心保护区之一。

2019 年 3 月

第二辑　风　物

不用点灯，篱笆多么疏朗；
不借月光，狗吠多么清亮

蒲　扇

随蒲扇一起摇摆的是拨开夏夜
透出的一丝清风，随风一起飘忽的
是母亲干枯如树皮的一双手，随手一起
滑落的，是星星、月亮，还有流萤

篱笆门

竹篱笆扎的茅屋侧门，有时漏风，有时漏雨
小寒大寒又大雪，雪花压倒霜花，布下水晶珠帘

每有踏雪声来，便敲下几根珠帘，打开门楣
迎进几个黑色的狗钻洞，递给土窑烧制的小火钵

不用点灯，篱笆多么疏朗；不借月光，狗吠多么清亮

擀面杖

麦收时节，它
跳贴面舞，哼月光曲

卷绸缎，洒花粉，一番腾挪
切出千万条阳光的紧致、淳厚与劲道

它愈来愈瘦小的身板，褪掉尘世的结痂
悄无声息，隐身于斑驳的橱柜一角

仿佛树木一样，它抽枝发芽
远走山河大地。除了擀面，还擀面人

拨火棍

土灶时代，每家每户都有一根拨火棍
每次做饭，都靠它架空灶膛，让柴火充分燃烧

低头拨火的手
已然皲裂，火焰早已烤不出她的疼痛

每拨一下柴火，火焰就旺一些，屋子就亮一些
拨火棍就黑一圈，瘦一圈，矮一截

草　帽

有时撂在长条椅上，有时撂在灶膛上
有时撂在门槛上，有时撂在地上，更多的时候

风吹日晒雨淋，在大岭小岭飘浮
出没，直到有一天瘫软下来，帽檐淌出汗水

直到有一天，被高高地挂上土墙壁
像个草人儿，没日没夜，眼望着我们走远又走近

绸　缎

每次连阴雨之后
总要翻箱倒柜，拿出来晒一晒

房前晾衣绳上，大小椅子凳子上
闪过柔和明亮的光阴

每晒一次，就少一件两件
母亲总是挑出最好的送给结婚的亲戚

箱子翻空的时候，母亲倒头睡了进来
蓝天白云，便扯开大旗盖了上去

粗瓷大碗

八仙桌上
父亲用过，母亲用过，姐姐用过，弟妹用过
我用过，你用过

饮过野草稀饭，饮过小米粥南瓜汤，饮过香油冲蛋花
饮过月光，饮过露水，饮过虫鸣
饮过高粱小曲，饮过泪水

它已醉了，跌倒时留下了诸多伤痕
八千里路和云，化为心中袅袅升腾的豪迈
我唯有将它一次次举过头顶

禾　场

暴雨来过，风雪来过，泥泞来过
草垛在旋转，头顶的星星和月亮长出叶芽

扬麦子、打稻谷，晒棉花、拍黄豆
连枷的一俯一仰，把个尘世弄得抑扬顿挫

白天推碾子拉磨，晚上睡门板摇芭蕉扇
月亮只有一席之大，任虫鸣白了呼噜

乱了方寸，提起来满屋生香，放下去
独升浮云，遮住那遥望的泪眼

水　缸

它是一捧泥土，经九死一生，淬火成缸
它待在暗处，或犄角旮旯，涵养着大平原

父亲把水缸灌满，照见大平原的风骨
舀一瓢水，听见遗世哀愁的声响

再舀一瓢，便是夜晚，要不了几天工夫
动词浇灌喉结，名词光耀门庭

它只是一捧泥土，终究要回到泥土
蟋蟀以浅吟低唱，把漫漫长夜翻了个身

青石门槛

祖父睡在上面消暑，鼾声如热浪
父亲蹲在上面，海碗扒饭。他们

常常坐在上面，看堂前空蒙的雨水
发发呆，用树枝拨鞋帮上的泥

太阳晒在上面，把光阴重新过一遍
穿堂风抬起棺木，越过门槛

越过村庄，越向无垠的田野和天空

蓑　衣

一件蓑衣，身体那么大
祖父披在身上，消逝在绵绵秋雨里

一件蓑衣，屋檐那么大
父亲穿在身上，湮没在茫茫山野里

一件蓑衣，村庄那么大
我裹在身上，斜风细雨，万物葱茏

拴牛桩

牛缰绳套着牛鼻子，牛鼻子套着父亲
小时候，父亲每天都这样被牛套牢

牛把父亲套得驼背弓腰，日渐黯淡
拴马桩也蜕掉一身的皮肉，油光发亮的

如今，牛和父亲都睡在了草下
拴牛桩如同一枚钉子，死死地嗅着草垛

石 磨

一生都在咀嚼，被水浸泡的五谷杂粮
在昏暗的灯光下赤身裸体

一双枯竭的手，总在搬运它们的身子
水盆与磨眼之间弯曲的距离
刚好容下从瓦缝里漏下的月亮

一个时辰，万物睡去
一意孤行的石磨吐出细软明亮的岩浆

一生都在咀嚼，直到牙掉了嘴豁了
直到荒废，一朵白云从上面缓缓飘过

纺　车

一朵棉花纺出白云

锭子没留住，绳轮没留住

手柄磨掉皮了，依旧没留住

一朵棉花纺出长河

流过黑夜，流过雨天

流过煤油灯，慢悠悠的

一朵棉花纺出粮食

母亲抚摸过，父亲抚摸过

绕着纺车嗡嗡嗡的，我吃得很香

一朵棉花纺出彩霞

大岭自愧弗如，小岭甘拜下风

母亲摇纺车的手，被月光洗出了骨头

老白茶

长发及腰，低眉浅嗅，穿亚麻衣衫的
中年女子，坐在村庄的紫藤下
顷刻间我闻到了她身上的药性
就像过了七年的老白茶，在阳光下
花开见佛

石　盘

薄又瘦，湿又滑
一股毛茸茸的水雾喷出，梦幻般
在一片青草间
我找到的泉眼，是石盘方正刚强的心眼
是儿时，母亲摸黑推磨，忙到月落
打豆腐的磨眼

刺盖草

在饥饿的年代，刺盖
熬出的野菜汤，能盛下整个村庄
却盛不下一个家庭众多的嘴
这些嘴巴啊，恨不能把碗底舔穿
不留一粒汤汁。今天
即便是山珍海味，名师下厨
饕民如你，吃到酒酣耳热
与我总隔着一棵刺盖草的距离

摆　渡

村子在岸上一字摆开，那么简单
每个人一生中总要坐几次渡船
他们提着篮子，牵着孙子
去对岸，讨回日子

遇到乌云压舱，大浪滔天
他们不慌乱，不逃避，在漩涡里
握紧船桨，或者举起自己
奋力朝对岸划去，再划去

整个村庄，荷花盛开一般，很壮观
我是那个被乡亲被父母送上船
渡过河，有惊无险，并将
继续渡河的人

簸　箕

扬起来，就是蓝天白云，和风吹开细雨
放下来，就是阡陌纵横，谷物挤疼瓜果

扬不起来，放不下来的
是埋在土里的母亲，簸箕一样嶙峋的手臂

地　窖

父亲掀开盖板，从亮瓦里

漏下的光，照见下面的红薯

它们灰头土脸，挤在一起

隐忍一个秋冬的沉闷，从内心

酿造出甘甜，它们紧致耐嚼

变戏法一般，从父亲手上

长出一颗颗烫手的果实

摇　窝

每一天都在摇晃，从早上摇到晚上
每一处都在摇晃，瓦顶在摇晃，房梁在摇晃

每个人都在摇晃，姆妈在摇晃，大大在摇晃
走过我家门的爷爷和奶奶，也在摇晃

有一天我蓦然掀翻摇窝，摇我的人却不见了
大地开始摇晃，村庄开始摇晃……

麦秸垛

我写到的这个词，在遥远的乡下
蹲在村口，身躯由麦秸垒砌
他们矮小、敦实，连心也是草本做的
有着泥土的味道

见到雨水，他们就痛哭淋漓
雨水顺着经络，从外往里侵蚀
就算腐败了破落了，可他们的内心
埋藏着闷声不响的热情

见到月光，他们就瘫软、就忘我
他们躲在暗处，拿出吃新麦的劲头
哼唱着不知编织了多少次的歌谣
他们的头顶，长满了葱绿的麦苗

我所写出的这个词
只需一把木杈，在月色里
翻转腾挪一番，就能长出一双父母来
就能长出一声啼啭的鸟鸣

神龛

在遥远的乡下，找几块上好的硬木
经木匠斧劈抛光，稳居中堂之上
乡亲们叫它，神龛

每年除夕，乡亲们都会买来香烛
买来火纸，在神龛下
给祖先作揖，感恩上天的恩赐

那一年团年夜，父亲上香烧纸
行跪拜大礼，起身对我们说桌上
那副空出来的碗筷和酒杯
是留给祖宗来吃饭的，饭桌上

烛光在空碗里忽闪跳跃
我们把椅子挪了挪坐下来
预先空出下一个我来

2019 年 11 月

亮 瓦

一片亮瓦，透下来微光
照见堂屋，照见神龛上飞扬的尘埃

风吹，日晒，雨淋，每遇
草叶遮掩，父亲会把瓦重新揭一遍

抬头仰望，亮瓦上面，白云在飞
白云下面，我怀揣一片亮瓦，回到故乡

2019 年 11 月

丝 瓜

北风中，麻雀一样
挂在树梢的
那一只，外表皲裂、松垂

我抬头，看见
她抱紧自己，我几乎听见她
颤抖的声音

她抱紧北风
用一身的褐衣黄袍
抱紧一生的果实、思想

一番大彻大悟
她抱紧的身体
松开，种子和筋骨落入大地

2019 年 11 月

干草堆

丰收后的田野，野草枯黄
比野草更干枯的，是父亲

摸黑将遍地的野草一一收割
归拢、压实，不断弯曲的身体

星光洒在草堆，露水打在草堆
水牛跪在父亲面前，含泪反刍冬天

不用等吃完，父亲掀开草堆
里面挤满了嫩芽和虫鸣

2019 年 11 月

树 桩

蚂蚁搬运食物经过它
叶落
归根，也经过它

父母磨刀坐过它，发呆坐过它
父母坐过的树桩
伤口在发芽

我小时候玩游戏用过它
双脚长在树芽上，双手抱头
应声倒下

无论我走多远，经历多少风雨
我不断加深的皱纹，成为它
日趋腐朽倾废的年轮

落叶越来越多飘向它
根越来越深
抓住我的歌，我的泪

2019 年 12 月

吃 相

在乡下，吃饭不是多大问题

乡亲们棉袄棉裤，灰头土脸

捧起粗瓷蓝边大碗

有的山呼海啸，有的细水慢流

他们往往会到对方碗里夹菜吃

把自己好吃的饭菜匀给对方吃

他们是左邻右舍，饭量大的

就从对方碗里扒饭吃，接过碗吃

这些粗茶淡饭，是从虫口里夺来的

深井水洗净的，土灶柴火烧的

乡亲们吃起来连笑也带泥土沫子

他们全然不顾自己的吃相

在门槛，在墙角，在树林

站着吃，蹲着吃，走到哪儿

吃到哪儿，唠着村里的鸡零狗碎

一日三餐，半生闲散

在碗边叮叮当当的痛失

2016 年 12 月

独木桥

一眼望不到头

独木桥很窄，很滑，也很长

河水很宽，很清，离桥面

有山谷那么深

上桥的刹那，他小小的心脏

跳到嗓子眼，他回头看了一眼

天空那么高

却未曾见到岸，只是树影婆娑

柴房就要倒塌

天色就要暗下来

他趴在桥上，连哭喊都瘫软了

四肢缠住桥木，往前腾挪

一点点，挪过苦海

挪过深渊，回头凝望——

望不尽的桥，望不尽的河，还有

那望不尽的漫漫长路，不过是他

小脚底下匆匆而过的

一抹彩云

第三辑　惠　风

我与月亮的关系，一个地上，一个天上

我与月亮的关系

半个世纪已经很长，却只是一座
山的半坡，借此看月亮相当困难
前有钢筋水泥挡道，后有风尘遮掩
一些意料中的风云总会压坏兴致
纵使月桂折断，也砸不到我
寸草不生的头颅，桂花雨照样淋下来
打湿我的前庭和后院。从半坡往下看

多年以前，我不知天高地厚
幻想花前月下，投怀送抱
幻想做人间吴刚，在月亮上砍柴熬药
与嫦娥推杯换盏，醉饮十天半月
让宇宙为我们洒下星星雨

再往下看，就看到门前荷塘了
侧耳细听叫不出名字的虫鸣
看月光洗濯破旧的村庄，夜深了
我就睡在平铺的板门上
在扯起的蚊帐边，母亲摇着蒲扇
教我数这数也数不完的星星和月亮

放眼望去，我的眼前

一片朗润、宁静，山坡上

草木落泪，光阴蒙尘

我与月亮的关系，一个地上，一个天上

2019 年 9 月

半坡草堂

他的左胳膊遗落在尘世
右手已然皲裂，指甲
深嵌污垢，他还没整理好蓬乱的胡须
又去剔黑洞一样的豁牙
任食指，在白发稀松的头顶飞旋
仿佛有挠不完的痒

三面环山，依半坡而建的
两层砖木草堂，遗世独立
我们去拜见他的时候，他从屋檐下
晾晒的一长趟腊肉串中探出
灰头土脸："你们来看我，说明我还没死
说明外面的世界很平和。"

他承包了一百亩荒山，又开垦了
两百亩荒山，种菜、养鸡、养羊、养狗
他说万物都有灵性，不在于你如何侍弄它们
而在于与它们心心相通

他说话时有点摇头晃脑，谈到悲悯处
他的目光坚定有力，仿佛语言从黑暗中

射出光束，令潦草的须发黯然失色

临别时他站起来，将仅存的右手伸过来
和我们一一握手告别，他的手
温软、宽大，丝毫感觉不到邋遢
但我还是反复洗了洗手

我的手越洗越清晰，凸显他残存的手
独自支撑起半坡草堂的蔚蓝色天空

2019 年 12 月

沟壑

人在凡间行走
身体随时都有可能出现
一道道伤口，就像农田久未
遇到甘霖，地表皲裂
连蚂蚁也知道危险
碰到雷区绕道走，只有你
身披袈裟，怀揣托钵
芒鞋走向田野，两旁的草木
一一后退，只有你
轻摆衲衣，袖口生出空茫
弯曲地走进大地
整个时间，阳光加在你的身上
只有你，不断加大伤口的重量
填补那如影随形的巨大沟壑

2019 年 12 月

听张清华教授讲疯子

北师大教授张清华

一脸络腮胡子，双眼眯缝

登上泸州酒城讲坛，告诉台下

千余诗人，自己留胡子，并不是标明

自己为艺术家，或为作家

而是表达自己的入世行为，久而久之

胡子便成了自己的符号

有人说我是诗人，有人说我是疯子

这些都无所谓，我倒是喜欢

往疯子堆里钻（台下掌声一片）

以期洞察他们隔膜的世界

他们不挠我，不骂我

把脏兮兮的东西递给我

用破衣烂衫擦脸，转过身去

他们又撩开满头稻草

用信任的眼神望我

长时间地望我，我也同样

用信任的眼神望着他们

我发现，他们眼底清纯

有海子卧轨前胃里的橘瓣

有屈原殒身的汨罗浪花

他们是写诗疯掉的，他们是疯子
从不好好说话，尽嘟哝些神性的诗篇

2017 年 11 月

蛇　性

蛇爬进废弃的锯木厂，从锯子中穿过
身子被割伤了一点

蛇本能地转过头去
咬住锯齿，嘴也被割破

恍惚中，蛇以为是锯子攻击了它
遂使劲缠住锯齿……

树叶心惊肉跳
连滚带爬，赶忙包裹了它

2018 年 9 月

案　场

朋友富山

不惑之年被边缘化后

拿起镜头对准底层

乡村医生、五保户和原住民

一拍就是好几大本。翻看

这些淳朴、沉重、悲苦的歪瓜裂枣

感觉角度还不够多样，于是

朋友镜头再下移，拍臭水沟泛滥的

避孕套，拍陈腐多年

无人问津的木桥

拍办证电话卡、胎儿性别鉴定电话卡……

好几次轰动大理、平遥

世人褒贬不一

朋友已近耳顺之年，再无趣拍摄

2018 年 6 月

窗 下

外面喧闹的人声，忙碌的人影
被窗台上的绿萝一一收走

窗下，我深陷一把老式藤椅
喝亚麻籽茶，看梭罗的《瓦尔登湖》

湖水简单，宁静，澄明
总能消磨掉我好半天的时光

临近午后，我拍了拍身上的水滴
窗台上那盆绿萝越发葱茏

它枝叶袅娜，根茎优雅
它囿于花盆，却迈着闲适的步履

2017 年 12 月

风汲取我身体多出来的废话

大约是太阳过了正午
有风在腰杆蹿动，在微冷的天
散步，我泊在江州
晃荡，任凭夜露湿透青衫
我饮食讲究白菜、萝卜的搭配
用白玉翡翠，滋养胃壁
一肚子的清汤寡水开了
那飕飕吹拂的，是风在汲取
我身体多出来的废话
那褐色的虎斑贝，是我沉睡的暗疾
开出的花朵，那飕飕落下的
是我触碰大地的静默
我放缓脚步，任凭琵琶风舞
摘光我仅有的头发

2017 年 12 月

梵·高

他一辈子没有卖过一幅画
也没有人请他画过画

比如画一个男孩站在海边
或画一幅向日葵

挂在家里，没有
是他自己一直在画，在抹亮

麦田上的乌鸦割掉了他的耳朵
麦田上的乌鸦，枪毙了他

他死后，一个阔太太
一下买走了他两百幅画

留下一封他写给兄弟的信
推着常春藤，于麦浪中涌向天边

2018 年 11 月

白鹿春记

一场春雨，在淋漓中
带我们来到屈家岭，太子山下
梅花鹿成群出没，百鸟争鸣
空气中飘散出苔藓悠长的翅膀
豌豆花，喇叭花，还有落泪的未名花
放慢我们的步伐，珍珠鸡，锦鸡
鸵鸟，灰兔，孔雀，遇见我们
并不惊慌，她们聚在一起
慢吞吞，分享大自然的美食
她们吃相优雅，写意山坡
她们求爱，延绵子嗣，一点不知害羞
梅花鹿伸长脖子，在手心里
舔食苞谷，温软如梦
她们引吭高歌，引来又一场春雨
稀里哗啦，此意绵绵
无绝期，白鹿春，酒酣耳热
桥墩湖畔，柴火熊熊
一只破损的陶罐，盛满古代
湿淋淋的拙朴与圆润

2016 年 4 月

秋　分

她来了！凉风习习，桂子飘落，一袭红裙醉了山野
她弄翻深蓝的水墨，用淡雅涂抹隐忧，用清净调和愁绪
囿于雨丝缠绵，她停止歌唱，深入地下，封塞巢穴
悲悯万物的冷寂与肃杀，她以珠泪的剔透，横空出世
玉立于千山万壑的分水岭。纵然秋夜渐长，秋日已无多
她提点裙裾，风摆杨柳，捋捋齐腰长发，把酒临风
独念天地宜人，蟹肥了，菊黄了，农业灌浆，月满中天

2016 年 8 月

佛门间隙

——诗解张富山

（一）

她托起燃烧的香火
仿佛托着救世的柴薪
舔舐她心底的草垛
她紧闭双目，身后
耸起祷词的森林

（二）

这一拜
不过是磕响头颅
手如莲花盛开
这一拜
不过是头顶天地
脚踏云天，这一拜
不过是扔掉一些块垒
从此
天地间飘散着闲适的云朵

（三）

红墙根处

她背负虎狼之心

拜向一尊无名小佛

（四）

好狗并没有挡道

好狗晒着太阳

懒洋洋的

任凭她怎么拜佛

好狗自有梦想

（五）

只几炷香

就荒郊野外地鼎盛

母亲带着儿女焚香，祷告

背后的青草高过了她们

（六）

一个求神拜佛，一个供神供佛

她前倾着身体，她伸出双手

两双手就捧在一起

神灵自然出现了

爬上她明亮的脸庞

（七）

那只神龟

在手里很安静地趴着

老居士微闭双眼

阳光是他们交谈的语言秘符

信女双手合十，从背后

加入他们亲切的交谈

在他面前，是竭泽而渔的盆水

再前面

是倾覆盆水的大江大河

（八）

她跪下

把自己缩成一团

拜倒在一尊袈裟后面

佛光白了她的衣衫

2017 年 1 月

隐　忍

把动词憋成名词
只是一瞬间的工夫
无非是剔除糟粕，避其锋芒，好比
剔除一枚菜叶上啮噬的肥虫
剔除塞在牙缝里有点顽固
败胃，不吐不快的食物残渣
无非是受点冤屈，咽下一些雾霾
让错的冠冕堂皇，让对的无颜以对
偶有闪电来袭，试图释放隐忍的力量
可是，刚一张开翅膀
却被中年的气度给压了回去
把无声憋成短剑和利斧
再把短剑和利斧
憋成星星和月亮

2017 年 1 月

我忍住耳鸣，一片荒芜

都几十年了，稍有风吹草动
我就听到雷鸣和闪电

听到海啸和雪崩，雷声劈死我
老去的容颜，又被闪电划出血痕

海啸卷走我的瓦屋
我的赤脚我的小猫咪，又被雪崩轰炸

我已经忍无可忍，无论白天和黑夜
世界的喧嚣，仿佛百足虫

凶巴巴，压实我的耳膜
我忍住洪水忍住猛兽，只为

忍住耳鸣，一片荒芜

2015 年 8 月

望星空

他仰起脖子，用一生的力量

拉直脖子上的树皮

和树皮上堆砌的雨雪风霜

他的嘴巴也高高仰起，干瘪，凹陷

牙齿陨落，遗忘在枯竭的河床

他耳郭低垂，挂着经年的残砖断瓦

仅剩无用的苔痕。他头发蓬乱

从鸭舌帽里探出铁色篱笆

他仰望的眼睛，有花岗岩的碎片

他用傲慢和沉郁，把最后的力气

射向夜空，星子落了下来

他看见脚下的泥土，就要埋葬自己

就要长出树来，长出草来

2017 年 3 月

典藏中的钧窑

几只北宋钧窑，在厚重的典籍中
睡醒，它竖起高挑的凤耳
倾听自己的前世今生
它蚯蚓走泥纹
用泪花一个个串联一体
仿佛出征的将士，匍匐前行
你触摸它，细微处
鱼子纹呈一摞摞鱼卵，就要孵化
它星星下雨，乾坤朗润
血红色的经脉清新动人
让你看见自己
血浓于水，血精于水
水来源于泥土
归于泥土

2017 年 1 月

风能够听见我

找个有风的山冈

坐下来听听风

听一听大自然的声音

听一听自己

内心涌动的风声

这世界只有山冈

是原生态的

只有山岗上刮过的风

是原生态的

只有原生态的风能够

吹出真实的自己

山冈上的风

粗犷、雄壮、有力的时候

就在山顶搬走乌云

细腻、微小、温暖的时候

就在山脚掠过清泉

山冈上的风

实在如同深入草丛的虫蚁

如同此刻活在虚伪人世的我
坐卧山冈
侧耳倾听大风呼地刮过

山冈上的风
真切得如一道闪电
能够听见纷乱的事物
最起码
能够听见我

2019 年 11 月

时间这东西

她在母腹内踢踏，翻江倒海，撕破黎明
天地间，初生的露水，一滴又一滴

她春花秋月，阳春白雪，好不风光
她佝偻，萎谢，咳出疼痛和血，叩问大地

天空中有鸟飞过，为什么没有留下羽毛
万物都在老去，为什么草还能覆盖上去

由不得你去想，时间
躺在阳光明媚的角落，发出婴孩般的笑声

2017 年 4 月

醒来，我是谁（组诗）

好好睡一觉就醒来了

我睡过天空中明亮的星星

池塘边的蛙鸣，睡过风雪和雨露

睡过岗地和河岸

我还睡过死去的亲人的

黑枕边。五十多年了

我睡过的东西

足以压弯我，弄疼我

甚至把我磨损掉

我睡过的时间，足以

让我呼吸平和，让亲人

忍住泪水，不再提心吊胆

我招一招手，我说

这就去好好睡上一觉

就醒来。医生便推我从容进入

布满剪刀、纱布和麻药的池塘

我的心，拖着铁链走路

很长时间了，只要我走路

我的心，就拖着铁链

磕磕碰碰的，我走到哪儿

铁链就拖到哪儿

仿佛囚徒拖着镣铐

左一脚，右一脚

走向窗口

我坐下来，我的心也坐下来

她拖着的铁链也坐下来

如此反复，我受够了这铁链

医生说刀子动大了，这是

肉体自然的反应，没办法

时间久了

自然会消失，事到如今

铁链确乎没有拖动的声响

我却常常听见自己的心

咚，咚，咚……

叩问着苍天

2019 年 10 月

写在心脏换瓣手术一周年

我爱这安详宁静的世界（组诗）

原谅我
——读 1994 年普利策新闻奖获奖作品《饥饿的女孩》

请原谅我，寻遍了

整个非洲大陆，我只看见你

——苏丹女孩

你赤身裸体，蹲下身子

两眼深陷人类的遗骸

累累白骨和枯黄的杂草间

埋有我绝望的诗篇

我和你一样，遭遇同样的饥饿

那些飞禽，那些走兽，那些鱼类

以及所有饿死的动物

和你不同，我有个濒临灭绝的名字

非洲秃鹰，原谅我

我盯上你已经很久，我举步维艰

任凭荒凉袭来

你不倒下，我是不会撕扯的

我只有耐心等你

等到两眼发黑，等到心急火燎

等到你，终于无声倒下

我会立刻掠夺你的卑微和瘦骨

苟延我，命若草芥，而下一秒

我也会倒下

横陈在寥无人烟的非洲大陆

苍穹中，有我遨游的翅膀

把孩子送给土地

——读 1995 年世界新闻摄影大赛获奖作品《苦难》

孩子，你终究是没了

没于无可控制的饥荒

没于非洲大陆，最东端的索马里半岛

这片荒漠，在这里

妈妈盛装缠头，光着脚片

裹着你梦想的白云，夜黑的眼睛

还有你萎谢的花朵

佝偻着腰，一步步

挬近荒漠的深处，孩子

面对灾荒，妈妈束手无策

唯有用接近死亡的速度

渴望谢贝利河和朱巴河的滋养

借助风沙哑的力量，妈妈抱着你的白云

播种庄稼一样

送给非洲大陆最东端的索马里半岛

那片土地

注：谢贝利河和朱巴河为索马里南部河流。

我用最后的眼光爱着世界

——读 1986 年世界新闻摄影大赛获奖作品《奥马伊拉的痛苦》

我用最后的眼光

爱着这个世界，爱着鲁伊斯火山

爱着鲁伊斯火山突然爆发

融化的积雪，摧毁的雪莲花

爱着顺坡而下的岩浆、泥石流

吞没的阿美罗镇

我爱的这个世界很短

只有 60 个小时，却是我挣扎的一生

痛苦的一生，决绝的一生

我的双手浮肿，发白

与天空中飘浮的白云颜色接近

我不想死去

我将收拾废墟，用最后的眼光

洒下沃土、庄稼和牛羊

我爱着的这个世界，本该安详宁静

注：鲁伊斯火山位于南美洲哥伦比亚的托利马省境内的阿美罗镇内。

再生你一次

——读著名摄影家尤金·史密斯作品《母爱》

工业吐出弥天罪恶
地下水在呻吟，我浑然不知
机械流遍了我的身体
孩子，我在暗夜生下了你
先天性水俣病

你每一次的痉挛，都抽痛妈妈
下坠的心
你不会说话，也听不见任何声响
你用歪斜描摹这个世界，用畸形
控诉这个世界

孩子，妈妈应该摁掉黑色的工业
缴下扭曲的器械，营造温暖的光
抵达纯净，让时间静止之后
再生你一次

注：水俣病，20世纪五六十年代日本九州熊本县渔村发生重金属汞严重污染事件。

墓穴也在痛哭

——读 1984 年世界新闻摄影大赛获奖作品《母亲的悲伤》

瓦砾也有眼泪，有厄泽尔的

五个孩子的熟睡，147 座村庄的熟睡

毁于一旦的花朵

墓穴也在痛哭

铁锹挖出闪电暴雨

更多的孩子，随五个孩子一同睡去

从木质的

大理石的

瓦砾中，厄泽尔的哭喊

抓住了唯一她丈夫

泪水拧就的

骨头的

腿

注：1983 年 10 月 30 日凌晨 5 点，土耳其东部发生里氏 7.1 级强烈地震，147 个村庄毁于一旦，1336 人丧失生命，厄泽尔五个熟睡的孩子全部被活活埋在瓦砾堆中。

他们的距离比猩猩和人类还大

——读 1982 年世界新闻摄影大赛获奖作品《手》

一只孩子的手

一只饥饿的手

一只灾荒的手

一只战难的手

一只将死的手

一只乌干达的手

一只被西方传教士

白皙的大手牵着的

木乃伊的手

他们的距离

比猩猩和人类的还大

2017 年 8 月

杨万里词典（组诗）

万花川谷望月

如今，才是十三夜
你就找到我的书房，从摇曳的竹林
翻开我的诗稿，闻一闻清风
再摸摸我的白玉镇纸
顿觉万千秋色，清润了月光
万花川谷不是玉宇，却
胜似琼楼，但见扬子江畔
春风独自吹拂

过南溪桥

闲来
我已无事多年，只有南溪
肯收留我的放逐
用冷飕飕的风掀开我
它狭窄、短浅
照得见我的放浪形骸
它就在我的脚下
用琴音洗涤我，用云朵
舒缓我，缩小我。而那个小孩

南溪对岸无邪的放牛娃

吆喝着，驱赶一头水牛

朝我趟过来，牛有一搭无一搭

甩着湿淋淋的尾巴

帘子闲垂脚自平

我有村庄涩塘，淤泥丰饶

有板桥，安下万里霜花

桥畔有间茅屋，足以遮风挡雨

屋后栽上修竹

看月光滑落露水

窗下种上芭蕉，分几许绿荫

纳一个小妾

垂帘，沏茶，叫我诚斋，唤我夫君

看她轻添沉香，扶我

长发赤脚出门，望村西莲花山

迎候远方的青年才俊

吟江风，咏山月

醉了，就以天地为衾枕

天亮时分，我送他们

山野水果赶路

映日荷花别样红

西湖的美，不在文人妙笔如何生花

而在她的格局多么盛大

临安的六月，早已沸腾多日
子方老兄，趁着太阳刚刚升起
我们到湖边走走
我知道，你想走得更远些更高些
人这一生，需要跨越的坎太多
我只想邀你，在净慈寺脚下
看湖面上一望无际的荷花
那些使节、商人、僧侣，那些
赴京赶考的学子，湖中慢荡的游船
是她们，成就了西湖
无一不散发出青碧纯粹的光芒
注：林子方，即林擢，杨万里好友。

闲看儿童捉柳花

绍兴年间。山河破碎已有多时
张浚的三次闭门羹，并没有
倒你一口好牙。倒是初夏
尚未熟透的梅子，闲来无事
弄你一口好看，窗外的芭蕉
分出些许静谧惬意
长睡之后，你揉几下
惺忪的眼帘，路边几个小孩
鸟一样，捉那纷扬的柳絮，于是
你写下："但觉胸吞碧海，
不知身落南蛮。"留下

长卷宏文《诚斋集》

活脱脱亮了千百年

注：张浚，与杨万里亦师亦友。

2017 年 7 月

第四辑　雨　露

我是有罪之人，

不该享有你口无遮拦的深邃

祭父稿

公元 1935 年 6 月，汉北河大水，祖父在防汛大堤上得到消息，长子落地。一生不通文墨，但会吹唢呐的祖父，给自己的儿子取名水清，寓意洪水退去，河水清浅，清清亮亮做人……

（一）

父亲上过几天私塾

给家里写信，错别字很少

每到情真意切，总会嘱咐母亲

注意身体，云云

父亲早年参加过抗美援朝

负责部队后勤给养，退伍返乡后

父亲干了二十余年生产队队长

每年春夏，父亲都会翻箱倒柜

把压箱底的那身军装翻出来

暴晒几个大太阳，重新叠好装箱

（二）

大队禾场望不到边，主席台上

地主们肩扛粗大的原木

接受台下贫下中农的批斗

公社干部连篇累牍的控诉
大队群众义愤填膺的痛骂
地主们大汗淋漓，咬紧牙关
原木比巨石还沉
尊严比原木还无光

作为大队干部，父亲斗了一次地主
作为邻居
父亲后悔了一辈子

（三）

在竟陵车站，父亲和弟弟
他们送我返回学校

他们清晨起来踏了十里雪路
他们肩挑背扛行李，踏了十里雪路

这是大年正月初四，我出发时
父亲背过身去，用衣袖揩着眼泪

（四）

母亲敢作敢当，遇事自有主张
父亲生性憨厚，少言寡语

仿佛一生都在隐忍中过活

小弟意外摔断大腿骨
几至瘫痪，母亲临危决断
卖掉屋后的几棵楝树
父亲找来斧头和锯子，打破沉默
换来小弟健全的身体

那年我上高中，学费压着父母的心
母亲凭借三寸不烂之舌
从大队信用社贷款
父亲咬咬牙，送我十里八村
我回家写作业，煤油灯下
父亲总会抽着旱烟陪我

父亲相让了母亲一辈子
直到去世，也是先母亲一步走

（五）

父亲走得很突然
我只知道父亲咳嗽得厉害
腰痛得厉害，胃痛得厉害
我还知道父亲倔强得厉害
节省得厉害，俭朴得厉害
缠绵病床多日，也不求医问药

我更知道父亲的不舍

撂下镰刀麦子后，父亲自知

病已成魔，千里颠簸

让我送医院检查，可此一去

即成永别，父亲再也没有醒来

他太累了，需要休息

需要一个清浅世界

父亲拼尽全身力气

倾吐胸中块垒，奋力睁开眼睛

投给人间最后一瞥

2017 年 6 月

父亲的战争

粮食的短缺，让父亲焦躁易怒
为让我吃上一碗热乎乎的瓦罐粥
父亲从田里劳作回来
直奔低矮的灶屋，向一只狗
发动一场事关虎口拔牙的战争

那只狗毛色暗黄，骨瘦如柴
掀翻了灶膛里的瓦罐
呱呱呱，吃煨好的瓦罐粥
父亲抡起铁锹，就是一铲
汪汪汪，那只狗摇着烫焦的尾巴
眼巴巴，祈求父亲放过自己

父亲抡起铁锹
又是几铲，狗终于趴下
殷红的血流了出来
父亲还没解恨，一脚踩去
狗已没了动静
父亲用一只麻袋把狗装上
三步并作两步，把狗抛到县河
狗似乎挣扎了几下，随水漂走

父亲如释重负，回到家
一脸惊异——
那只狗流到一块青石上
复活，已先父亲一步跑到家
又是摇尾乞怜，又是低低幽咽

父亲老泪纵横
抚摸着九死一生的那只老狗
就像抚摸自己的命
一样悲苦，就像抚摸苍生
一样顽强

2016 年 8 月，2018 年 9 月修订

雪落到母亲身上

那个八月，雪落在棉田
雪，落在母亲身上
母亲的瘦削与苍凉埋了下去
万物从此蓄满泪水
几只麻雀，起起落落
风在树梢，吟诵我写给母亲的祭文
我的目光与母亲在天空中相抱
十年生死，草木一秋。而今
又逢八月落雪
我无力奔走的脚步
在雪地里刨出了一只蚂蚁
咯血的无声，与渺小

2015 年 9 月

纸上清明

断魂的行人在天边哭泣

我却困于一张无用的纸上

谋篇布局，描画宏图

漫卷硝烟，我竟迈不上一个时辰的动车

不能穿过飞扬的灰尘、跋扈的田野

跪在母亲坟前，告诉她

我所遭遇的冰川与危岩

暴雪与荆棘，我已接近母亲的年龄

身板愈来愈贴近地面，贴近草本

贴近母亲孤独的心

母亲睡得那么安稳、寂寥

雨水淅沥沥，淋湿了她稀松的头发

几朵野花，在上面迎风颤抖

油菜花一朵抱紧一朵，铺到天边

铺到我的手边，我的笔力所到的纸上

母亲送我一把儿时的桐油纸伞

2016 年清明

柴 薪

她个子矮小，灰蒙蒙的
三寸金莲，斜坐屋檐下的柴薪上

太阳斜晒，风从骨头的缝隙
里里外外，窸窸窣窣，反复折腾

手臂青筋凸起，清鼻涕混合哈喇子
弄脏了她昏暗而耷拉的眼皮子

她再也扬不起手臂了，更无力
抱起那干瘦而又轻盈的柴薪

她是我的祖母，骨瘦如柴
她命搭柴上，连灰烬也被风吹走

2019 年 10 月

我喜欢碎银的时光

——写给女儿

大海边
女儿扯下蓝天白云
往身上一披，眼里飘荡
丝绸的光泽与柔软
身边仰视的那个小子
单膝跪在银光闪烁的卵石上
递给女儿一束鲜花。这是
女儿的碎银时光
海流到天上，白云落满大海
间或有海鸥飞过
我喜欢坐在岸边的岩石上
注视这一切，静静地
眼里含着泪光，忘记了
女儿一声声唤我爸爸

2017 年 10 月

礼 物

女儿的婚礼除了女婿的大嫂

在宴会前台说几句外，剩下的

就是女儿挽着女婿的胳臂

向众亲友鞠躬，由女婿

讲述他们的故事，走南闯北

备尝人间冷暖

他们彼此心照不宣，回到家乡

给梦想一个现实，酿制油菜花蜜

卖土鸡蛋，配送时令蔬菜

给平淡的日子加点盐

这些细节很恬静，过程很恬静

结果也很恬静

仅仅是刚刚开始，或一试身手

众亲友投来赞许的目光

女婿微微看了看

女儿甜美的笑容，他命中的礼物

再次给众亲友鞠躬

感恩上帝最美的馈赠

2017 年 10 月

我拿什么等待孩子的降临

孩子，那是你还未成人形时
我在凸起的母腹上写一首律动的诗
诗句里，石头浑圆、水草摇曳
而我仅仅是诗句外的阳光

你对世界发出的第一声欢笑
惊醒了整整一个春夏，从此
你与伙伴们玩钢珠，踢毽子，燕儿飞
半夜不归，我的心也随你绕来绕去
后来你在汉江弹琵琶
在江城求学，很长一段时间
你在京城颠沛流离，在蚁穴里苦练自己

直到你把那小子带到我面前，我知道
我是拗不过这座山的，即便这样
我依然是那个陪你长大的老小孩
成天把你捧在手心，做鬼脸
逗你坏笑，我们在沙滩上放风筝
骑着自行车，追蝴蝶，赶蜜蜂

直到今天，你平静地告诉我

爸爸要做爷爷了，我才下意识清楚

我的老孩子脾气渐长

一会儿哭，一会儿笑

我该拿什么等待孩子的降临呢

2017 年 4 月

磁湖边

无数次游历她的灵秀
澄明，深邃，她的远山近水
烟柳画桥，楼阁亭台之后
在梦里跌跌撞撞

我们踏着微雨的夜色
沿湖散步，谈论古今旧事
遥看年少青涩的月亮
那朵动人心魄的微笑
暗香盈袖，这致命的抚摸
足以穿透时光隧道

一次填湖造路
把磁湖一分为二，从此
磁湖有了一双慧眼
一个叫磁，一个叫湖
中间的鼻翼
享有天堂的美誉

2016 年 6 月

饮　马

马年了
关于马的话题自然多了起来
可以策马草原，漫卷旷世豪情
可以立马悬崖，令高山仰止
也可以饮马黄河，倾听内心的波涛
还可以一马当先，洒下旷世的月光
甚至可以，下马看花
细读马蹄缠绵的香，但不可以
东风马耳，风吹不进，雨淋不湿
关于马的话题实在太多，我想说的是

理应丹书白马，定下生死，从此
鲜车怒马，马上得天下

2014 年 1 月

美　味

只见她两手长出青葱

把尘世的低处照亮

一边剥除洋葱老去的累赘

揉弄下呛眼的雨丝

剥掉这些睡熟的春夏

一边亮出月牙似的菜刀

把洋葱切成紫色的条块

再用刀口或刀背

刮掉丝瓜表皮厚厚的光阴

洗净，削段

装盘。待灶台收拾干净

她打开灶火，倒入花生油

拍几枚又白又嫩的蒜瓣，转身

擦擦额上细密的汗珠

抬起莲藕似的胳臂

把整理好的丝瓜倒进锅里

翻炒，再倒进洋葱

几片青椒、红椒，反复翻炒

撒点盐，再撒点五香粉

滴点老抽和香醋

兑上适量的水，慢火熬一会

用锅铲尖蘸一点点汤，用舌尖
尝尝咸淡，再酌情放点盐或水
一盘晚宴，风生水起
色香互为肌理
满屋子的美味，盛情难却
与洞彻肺腑一脉相承
与灵魂相濡以沫

2014 年 9 月

油菜花绝记

油菜花我见了近半个世纪

见她从青涩烂漫的女子

走过种子到油菜的坎坷

越过冬天

与春风絮语甚欢

把喜悦留给我

把忧伤化作萎谢的茎叶

见她见着了她的热爱

投身于草木开花的阡陌

亲吻大地的芬芳

谛听内心的召唤

见她见着了她的博大

遍地金黄色的孩子

如桃之夭夭

油菜花

见她而生希望

脱下沉重的衣裳

雨水连绵

见她灵秀落满我
一身花蕊
一片清香

2014 年 2 月

汉水八拍

寂寥是我一个人的，疼痛是，悲哀也是
在你出现以前，我的内心未曾有一丝明亮

水草缠绕，暗流涌动。你指给我看
森林在移动，白云在流淌，灵魂的胡子在飘飞

我们拾级而下，坐暖暖的石头，用银碗盛雪
把胸中的块垒一一倾泻，汉水逐浪而高

我是有罪之人，不该享有你口无遮拦的深邃
水天一色，无眠的江堤，我们用过的纸床还在……

2012 年 6 月

雪　地

我在棉花的后边躲你
用满脸的热望感触你
你以老牛嚼枯草的窃窃私语
啃啮着我孤单的躯体
茫茫天宇下
我是你心形树飘忽的影子

地上漫漫变白
裹着某种微妙的姿态
我走进你的深处
目光随你起伏的胸怀而波动而温柔
这是你生命的沟壑
这是你多年惨淡经营的田亩
花们漫过稻香四溢的田坎
一如漫过你幸福无边的胳臂
而这时的我渐渐紧依你
你忽地掀起一阵风浪
深埋我于你的腹内
稻香让我想入非非让我死去活来

远处有热河流过我的头顶

但是现在正是冬天
我用力抖了抖全身
满目的泪花纷纷脱落
唯有因你而红亮的脸颊
点缀得我醉态浓郁
内心汪着欢愉的呻吟
很汹涌
溅湿了雪地　那飘飘洒洒
纷纷抚平我的伤口的
是你漫天洁白的情愫啊

1990 年 1 月

后 记

1977 年春，我们家还是砖混土木石灰墙的破旧屋子，乘大人不在家，我爬楼上壁，趴在横梁上学习毛选五卷本。

同年夏，我从喜欢文学的姑父倪式生家，找到一本残缺不全的《林海雪原》，从此迷上了下雪。

20 世纪 70 年代末，我用父母给的 1.2 元零钱，从镇上新华书店买来一本小说集，周立波的《山那边的人家》描写的月下情侣和山间传来的狗吠，至今还在我心底徘徊与回荡。

1980 年年初，初一年级和初二年级语文老师邓公（想不起名字，记得是右派平反后返岗）点评一篇我写的父母在薄雾中锄草的作文，让我迅速看清了父母对土地的崇拜和无奈。

1983 年秋，高中语文老师王瑞华讲授《诗经》，我根据《伐檀》改写的一篇作文，在全年级当范文通读后，至今还能听到里面的砍伐声。

1984 年 9 月，在北京读大学的表哥倪平鹏给我寄来几本书，其中刘小枫所著《佛道诗禅》至今我还没完全读懂。

1985 年秋，我开始与初三班主任、语文老师、我的恩师王圃田通信，他一手漂亮的楷书，成了我的宝贝。

1986 年 1 月，我开始征订《诗歌报》，从此，安徽省合肥市宿州路 9 号成为我生命的密码。

1987 年冬天，在大学老师叶青的家里，我遇到了时任《汉水》文学杂志诗歌编辑的宋明发老师。

1987 年年底，学校团委举办一二·九诗歌朗诵会，我的一首名叫《小溪》但记不得内容的三句话短诗获优秀奖，奖品为《唐诗三百首》。

20 世纪七十和八十年代，每遇村里或外村唱天门花鼓戏和皮影戏，我都要去听的，有时一站就是半夜，花鼓戏经典曲目《站花墙》的唱腔和尾音，几十年来都在我耳边萦绕。

1990 年 4 月，诗作《雪地》获全省文化博览会青年优秀诗作奖，徐鲁、郭良原、胡晓光、雪村、白守成、韩少君、阿毛等一同获奖的诗人如今大名鼎鼎。

1994 年 5 月，我牵头与赵黎明、赵家新、黎桦、张明珠、章新春等朋友一起创办《九歌诗报》（民刊），朋友张富山欣然撰写发刊词《为真理而歌》。

同年 9 月，收到《诗歌报月刊》编辑蓝角老师的退稿信；

1997 年夏，在武汉东湖遇见"非非"创始人周伦佑。非，非也。

2010 年 10 月，《锦绣的日子》入选上海《诗歌报网站》丛书，小鱼儿与花无缺上演。

2013 年年底，在新浪博客遇到我生命中的贵人——30 余年未曾谋面、杳无音信的初三同学曹利萍，岁月一下子穿越到 20 世纪 80 年代。

2015 年 7 月，王家新来襄阳参加"筑梦"活动，听他讲自己那只著名的蝎子，他再次翻开满山的石头……

2017 年 11 月，作为优秀奖获得者，与本土桃花诗人牛合群一同受邀参加四川省首届"泸州老窖"诗酒文化大会，听张清华讲疯子，听鲍国安朗声大笑，听谢有顺讲根据地，与洪烛擦肩而过，握到我喜爱的诗人李元胜温软的大手，与河北诗人李唱白同居一室，感觉回到大唐，遇见李白兄……

2018 年 6 月，在宜城市作协主席、作家张璞的推荐下，在襄阳市诗歌研究会主席任金亭几次邀约下，我正式进入诗歌研究会。

2018 年 10 月，因心脏不堪忧伤，全身主动脉硬化，征询多方意见，我决定以死赴生、以生视死、以命相搏、以诗赎命。术前，遵医嘱，我将自己洗得干干净净。随后，医护人员刮净我的体毛，我就像一个圣婴，即将接受神的洗礼。

2019 年 8 月，在朋友邵传京的极力推介下，我参加了诸葛书院"幸福人生"公益讲座，聆听亚圣孟子七十二代孙孟凡讲孟子。

2019 年冬，忽然想到要总结一下自己的人生，于是整理十余年分行，结集为《摆渡》，以渡人渡己，得《诗歌周刊》总编、著名诗人韩庆成之谬爱，得景红梅老师一连数日逐字逐句地审阅。

2020 年年初，张富山主动提出并在万忙中深情撰写评论，袁仕萍教授在新冠肺炎疫情中，蛰居古隆中，欣然提笔作序。宜城市文联主席余媛媛、副主席丁心琴对本书的出版给予极大关注，对本人生活也给予很大关心。

我不厌其烦地絮叨这么多，只为了感恩生命中遇到的每一个人、每一件事，并以此表达：我对生活真的是无比眷念，我对诗歌亦是无比眷念。

马安学

2020 年 3 月 25 日，于红街寓所